바닥의 권력

황금알 시인선 158
바다의 권력

초판발행일 | 2017년 11월 17일

지은이 | 이은심
펴낸곳 | 도서출판 황금알
펴낸이 | 金永馥
선정위원 | 김영승 · 마종기 · 유안진 · 이수익
주간 | 김영탁
편집실장 | 조경숙
표지디자인 | 칼라박스
주소 | 03088 서울시 종로구 이화장2길 29-3, 104호(동숭동)
물류센타(직송 · 반품) | 100-272 서울시 중구 필동2가 124-6 1F
전화 | 02)2275-9171
팩스 | 02)2275-9172
이메일 | tibet21@hanmail.net
홈페이지 | http://goldegg21.com
출판등록 | 2003년 03월 26일(제300-2003-230호)

값은 뒤표지에 있습니다.

ISBN 979-11-86547-76-2-03810

*본 사업은 대전문화재단, 대전광역시로부터 사업비 일부를 지원받았습니다.

대전문화재단
Daejeon Culture and Arts Foundation
대전광역시
DAEJEON METROPOLITAN CITY

*이 도서의 국립중앙도서관 출판예정도서목록(CIP)은 서지정보유통지원시스템
  홈페이지(http://seoji.nl.go.kr)와 국가자료공동목록시스템(http://www.nl.
  go.kr/kolisnet)에서 이용하실 수 있습니다.(CIP제어번호: CIP2017028091)

바닥의 권력

이은심 시집

황금알

결국
한 단어 때문에 버릴 수 없는 문장과
한 마디 때문에 왈칵 뜨거워지는 심장 때문이라고 해두자

책 한 권 더 무거워진 내일도 세상은 잠잠할 터
내 눈물은 들키지 않아야 백번 옳으니
내가 웃고 그대들이 조금 울어주면 좋겠다
진심에 사무치지 못하여
고분고분한 미사여구를 종처럼 부린 것, 맞다
시와 나의 촌수가 가까워지기를 바랐을 뿐
더 이상의 욕심은 앞으로도 없을 것이다

나의 기쁨 나의 슬픔인 모든 그대들에게
간신히 참고 있던 부끄러움을 전한다

2017. 가을
다시 북쪽 방에서

차 례

1부 너무 긴 이름

2부 항아리 별채

3부 이 모든 들, 들

4부 꽃의 엘레지

1부

너무 긴 이름

팔월생 몽고반점

커다란 리본이 케익의 입구를 막고 있다
비둘기는 나보다 개를 더 무서워한다
소나기처럼 몰아서 먹고
구름처럼 몰아서 자는 것은 몽고반점의 후유증이다

총알이 날아와도 태어날 사람은 태어난다
어머니와 아버지를 반씩 걸쳐 입고 나는 벌써 오래 살
았다
세상은 나보다 먼저 와 있어서 무사히 입적入籍했지만
내 외로움은 매자나무 붉은색을 줄기차게 따라가고
그해의 사금파리는 옆구리를 찔러
기어이 운명을 풍선처럼 터뜨렸다

씨익 웃어주는 형용사들에게 내 방의 소품들을 빌려주
고 싶다

파티는 없다
당신으로 왔다가 손님으로 사라지는
단 하루 살다 가는 기념일

배달된 꽃의 안색은 해마다 검푸르고
선물상자는 악착스레 선물을 끌어안는다
여러 번 보아도 정이 들지 않는 자축의 얼굴
백발이 무릎으로 떨어질 때까지
별자리의 굴곡은 여전할 것이다
새끼 밴 짐승처럼 지극하게 우는 산후의 창문 속으로
딱 한 사람만 타고 있던 버스는 이미 출발했다

땅에 떨어진 것들은 모두 누가 떠밀어 아픈 것인가
이 촛불의 방문을 아무리 해도 말릴 수 없다

바닥의 권력

나는 앞으로만 나아간다
하늘가는 밝은 길을 앞세우고*
담배꽁초와 검은 발목 사이를 박차고 전진한다
목석의 항목들을 바구니에 담은
이 찬란한 난장에 잔디 깔린 후방은 없다

고무로 만든 하반신 속에 멀쩡한 다리가 자라고 있을
거라고
네가 우기는 동안
나는 줄곧 피죽도 못 먹은 바닥이다

육체는 희미하고 일생의 지도는 낡았으나
박수를 치던 손바닥도 껍질 벗어지는 바닥인데

몇 그루 별마저 떠나간 이 시장통에서
그날을 기다리는 내게 그날은 없다고 앞을 가로막는
너희들

환도뼈가 내려앉은 밑바닥이라고 다 천박한 것은 아니다

자꾸 목이 쉬는 것은 엄마가 없기 때문이지만
질경이 사마귀풀과 사귀는 이곳은 신의 얼굴도 둥글게
펴지는
낮고도 아픈 세상이다

질퍽한 바닥에 귀를 대면 젖물 흐르는 소리
섬마섬마 어린 날을 휘돌아오는 소리

기저귀가 다 젖도록 화장실 한 번 못 가도
비가 오면 등이 먼저 젖어도
흙 묻은 가슴으로 쟁쟁하게 앞으로만 간다
나의 왕복에 뒷걸음질은 없다

* 한국찬송가공회 찬송가 545장

아픔만이 생을 부축하네

정맥 푸른 링거줄에 병명이 방울방울 떨어진다

쓰린 속을 나물로 무쳐놓고 돌아서면
당신은 꽃 없는 그늘
해바라기를 피우자고 처방받은 땡볕 아래다

이별이란 함께 있기를 간절히 바랄 때 창문을 흔들어
오는 것

죽음과 병의 서열을 따져도 쓸데없는 병동의 감수성이
문턱을 간신히 넘어가고 갑자기 비어서
가벼워진 손으로 나는 머리핀이나 고쳐 꽂는다

통점에 스치는 강물처럼 잠이 없는 사람
겹겹 피에 젖는 당신은 간구할 것이 많아
오늘은 앞 강물이 검고
꿈에서는 병에서 돌아오는 나를 업고 강을 건네주었다

담요자락을 물들이는 절명의 꽃무늬

좀 전에는 생 하나가 후딱 떨어뜨린 슬픔이
소나기가 되는 것을 보았고

다 왔다 다 왔어
당신의 쓸쓸한 말이 지척에 붐빈다

돌의 자서전

돌이 하나 익고 있었다
냉골의 나를 둥그렇게 녹이려
엄마의 맹목이 잿불 속에 단단해지고 있었다
동글납작 불길 들이며 뭉쳐지고 있었다

저렴한 가난 때문에 나는 처음의 기도를 잊었고
하도 읽어서 너덜해진 종교를 잃었지만
형겊에 둘둘 말린 뜨거운 돌의 이력을 잊어서는 안 되
었다
앉은뱅이책상까지 뿌리 뻗던 신경통을 분실해서는 안
되었다

차가운 바닥을 견디느라 발가락이 제각각 다른 길이로
자라나는 밤이면
구제품 담요를 둘러쓴 참고서 몇 장이 파란 불꽃을 내며
재수 삼수의 따분함을 차갑게 지피고

매만지면 더 과묵해지다가 폭발하는 젊음의 사전은
앞 페이지부터 실패의 기록뿐

바깥은 살아있는 제물만 받아들이는 낯 뜨거운 혹한이
었다

늦게 피는 돌멩이도 하늘에 심어지면 가슴 서늘한 자
식이 될까

삼동 지나 무심히 내다 버린 돌
수십 년 삭아간 걱정 깊은 돌이 하나
점점 작아지다가 마음 저 아래 뻐근해지고 있다

이제는 지상에 없는 저녁 한 마디가 물러지며
지금 내 콩팥에서 따끔거리고 있다

추억의 연장전

초등학교 운동장에서
습관적으로 걷어차이는 공이 비에 젖어 떨고 있다

오직 그리움의 방향으로만 내달리는 내 습관도
골대 밑 작은 발자국들과 함께 젖는다

던지고 받아 안으면서
지는 쪽만 응원하다 목이 쉰 응원가처럼

먼지 위를 굴러도 그게 사랑이라고 네가 떠난 후에야
누가 일러주었다

담을 넘어 기어이 가버렸으면
가다가 돌아왔으면
반반으로 나뉜 마음은 사나흘쯤 증발되었다가
반드시 돌아와 유리창을 깨고 좌충우돌

승부가 뻔한 이 싸움터의 후미진 곳에서
너도 나처럼 바람 빠져 있는 게 아닐까

날자마자 떨어지는 털 빠진 독수리의 궁리가 허공에
목을 매고 고단한 건 아닐까

　　열광과 야유를 굴려온 운동장엔 어디를 빗맞고 멀리
가던 중이었는지
　　여기로부터 사라지는 중이었는지
　　악수를 나눈 추억이 주춤주춤 지워지고

　　걷어차고 후련해진 운동장 구석에서
　　누구지 누구지 그냥 지나치고서야

　　너와의 추억엔 연장전이 없음을 알았다

이사

　그때 눈 맑은 여인이 담벼락 옆을 지나갔으므로 십여
년 아끼던 풍경을 가만히 놓아주었다
　앞집에 가려지던 오후 두 시의 햇살도 처분하고 큰 아
이 낳고 심었던 석류 한 그루도 덤으로 넘겼다

　의자가 고독의 밖으로 짧아진 한 쪽 발을 내민다
　하루에 하루를 얹고 달리던 현관
　내장이 다 헐었지만 허름한 것은 참을성이 많다

　무릎 관절이 꺽꺽거리도록
　전세에서 월세로 월세에서 풀섶으로 전전하던
　진통의 배경에게 안녕
　때묻은 사생활에게 이제는 안녕

　돌아보다가 소금기둥이 된 이방異邦을 향하여
　잘 가라 보고 싶을 거야
　내다보는 이웃도 없이 오늘의 날씨 위를 달린다
　여자와 남자가 심어져 있는 동네에서 동네로
　아슬하게 세간들이 따라 붙는다

사월에 건너면 눈이 맑아진다는 강 너머
이곳에서 저곳을 탐하며
바람의 면적에 맞춤한 자리를 편다 해도

내 가슴에서 그대가 이사를 나간 후
어디를 가나 노숙이다

사람, 너무 긴 이름

닫힌 문은 꼭 두드려보고 싶어요

써보지 못한 말들과 수제 초콜릿과 영수증이 공동관리
하는 어느 날은 서랍을 가족이라 불러보기도 해요
때로는 면도하는 그를 훔쳐보았는데
거울 속 깊은 곳으로부터 도무지 돌아오지 않고
벌거벗고도 부끄러움이 없는 피부의 물기를 닦고 보니
고양이 데드 마스크였어요

밖으로 돌다 눈꼬리가 처졌어요
모르는 사람과 밥을 먹고 있는데
커튼이 울면서 발등까지 마구 내려와요

세상에 혼자 올 때 얼마나 무서웠는지
나는 불규칙하게 침묵하는 사람이 되었어요

풀밭에서 자주 넘어지는 것은 내 수정체가 더러워진
탓이고
남이 닦아놓은 길을 반성 없이 걸어 다닌 때문인데

아직 남은 슬픔을 주고받으려면 어디로 가야 하나요

그토록 기다렸던 얼굴을 밤의 서랍 속에 넣어두었어요

서로 다른 곳을 보는 눈동자를 마저 지워도 되겠지요

그의 이름은 너무 길어요
마음이 기운 독방에서 아직 다 부르지 못했는데
그는 점점 많아져요
마침내 소홀해지고 마침내 무심해질 수 있도록

체크무늬 스카프

바람에 뺨 맞으며 어둡게 걸어간 길과
바람의 손을 잡고 음악처럼 걸어간 길이

안을 밖이라 우기면서
위를 아래라 고집하면서
일생의 무늬가 되었다

쩡쩡 울어도 아무도 달려와 주지 않는 황토 언덕에서
나무 한 그루 속에 정신을 가둬놓고 깡마르는 겨울
아무래도 다른 행성에서 버려진 것 같은
나는 살아오는 동안 몇 번이나 실뭉치처럼 따뜻한 사
람이었을까

양떼구름은 천 개의 올 풀어내려
아침과 저녁의 흉터를 가리고
목에서 어깨로 편견을 비스듬히 가리고

밖으로만 돌던 마음이 오래 차가웠구나

한없이 휘어지다니 어쩌나 어쩌나 하다가
내내 열어놓고 다닌 슬픔이었구나

절반을 접고 또 절반을 접어도 가끔은 벅차오르고 싶
었던 생의 소지품

환하게 눈이 내리면
무슨 일에도 놀라지 않고
영혼을 마중하는 얇고 부드러운 목선을 가지게 될 것
같다

울음 한 그릇

눈 그친 식당에서 도가니탕을 먹다가 우골 한 짝에 걸
렸다
연말의 달력에선 11월의 검은 글자가
차마 헤어지지 못한 연인처럼 나란하고
초가집 댓돌의 검정 고무신에 여문 발끝을 밀어 넣고
주인은 집을 비웠는지
무너져가는 외양간 송아지
우묵한데 무릎이 없다

비명의 시간을 쓰러뜨린 손은 보이지 않고
뿌옇게 우려진 국물 속
난장판을 떠돌다 딱딱해진 밥알이 자책을 중얼거린다

주문을 받는 아이는 손목이 앙상해서 저녁 강이 흐르
는 것 같은데 만수무강에 고삐 매인
오늘 나의 죄목은 이 의연함
단칼에 주저앉은 저 어두운 몸통에 대한 부족한 연민
이다

한 세상 저편은 늘그막까지 고요하다 하니
무릎이여 그러므로 수없이 용서하라
그쳤던 눈이 생각난 듯 다시 내린다
이렇게 뜨겁게 후후 뼈가 빠지는
누군가의 헌신이 지금 아름다운 골수에 사무친다

카르나*의 눈물

말단들이 뭉쳤다
문쩌귀와 창틀과 문지방이
마땅히 둘 곳 없는 잘못을 들이민다
삐딱한 기둥이 발등을 찍는다

집 앞이라는 따뜻한 이름이 밖에서 밤을 새우고
집사람이라는 뜨거운 장소가 등을 보인다
지붕과 골마루의 골격이 의심스러울 때
절벽은 절벽인 줄 모르고 아무 꽃이나 피운다

밤은 성스럽고 낮은 상스러운 이중성을
망치가 내리치고 우두커니 제자리로 돌아간다
하루의 기지개가 욕조에 부레 없는 물고기를 풀어 놓
는 동안 오래된 창문은 벅찬 가슴을 잃고
가뭄이 지나간 꽃대에서
때때로 맑음과 흐림의 모서리가 웅성거리며 닳아간다
턱을 고이던 창틀의 한 쪽 날개도 듬성듬성 늙었다
만발하는 고옥의 지붕을 이고
휘돌아 백년 흐르는 육체

오래 살았으나 쉴 곳이 없는 잘못의 머리를 연장통에
넣어버렸다

수족이 냉한 집터
너르게 발병한다
몸의 처마 아래 녹작지근
한 사흘 허물어졌다
비장한 잔뼈들을 옮겨 심을 일정을 수정한다

* 로마 신화에 나오는 돌쩌귀와 문지방의 여신

한 송이 코피

그대가 돌아와 세면대에서 한 송이씩 떨어지는 코피를
닦고 있다
들쑤시면 더욱 이글거리는 생활은 거리를 떠돌다 예술
이 되기도 하는데
수수대궁 같은 붉은 탄식을 먹어도 얼굴이 희어지는
아름답다와 어른답다의 사이에서
죄가 없으면 무엇으로 인간의 저녁을 덮을 것인가
가까스로 막차에 몸을 묻으며
움직이는 것들은 이렇게 피곤해야 살 수 있는 것을
어두운 행길로 나서는 수치가
기껏 흙투성이 손으로 음지나 피운 건가 설마

그릇마다 제 뚜껑인 게 별로 없이 분명하게 털리기만
하는 경제를 위하여
밤은 몇 마디 뒤로 돌아서서 운다
저 문을 열고 들어올 때마다 선인장이 꽃을 피웠으나
움츠러든 자라목만 수집하는 그대는 기어이 밥을 조금
남기고 울울창창 파산한 별들이
욱신거리는 어둠을 하수구로 흘려보낸다

캄캄한 발바닥을 지워내고
날마다 새 이름표를 바꾸어 다는 호구지책
젖은 머리를 말리며
모든 요일의 위치를 선명하게 돌려놓는 그대 혹은, 나

뭉클한 당신의 문 밖

방금 막을 내린 연극에서 당신은 분장을 지우고 돌아
올 것이다

창밖엔 바람이 불기도 하고 불지 않기도 한다

죽은 듯이 있다가 부리나케 친절해지는 인생은
그래도 가끔 아름다웠다고 주장했던 사람들
그들은 안락한 침대에서 죽었다

하루쯤 다른 사람으로 살고 싶을 때 추억 옆에서
나는 위험하게 꽃 핀다
구애의 각도를 출입문 쪽으로 돌려놓으니 한 마디만
더 하면 넘칠 것 같다
입을 열면 쏟아질 것 같다
비 내리는 찻잔들이 어제처럼 모여서 춥고

어디든 걸칠 데를 찾는 상처의 이유들은 끊임이 없다
볼륨 높인 음악이 아랫입술처럼 내려앉는다

반짝이는 것들로부터 당신은 아직 오지 않는다

서러워도 등이 꼿꼿한 의자는 원래부터 죄의식이 없었다
눈물을 끓여낸 쓴 물이 목까지 차오른다
가성의 음성을 바꾸고
이 생의 자작극을 실토해야 한다고
세상의 한구석이 자글자글 끓어오른다

얼음꽃을 꽂은 파르페의 발칙함이 서리는 사각지대
잃은 것을 다시 잃는
이 깨달음 속에 당신과의 약속은 애초에 없었다
문턱의 공허를 넘어선 나는 다시
뭉클한 고립
당신의 문 밖이다

미안합니다

빗자루처럼 닳아지겠습니까
누가 손목을 열고 손가락을 캐갔군요
화장실 네 번째 칸에서 청소도구를 꺼내는
당신은 손목에 파스를 붙입니다
죽은 남자의 곁으로 한 칸씩 옮겨가듯
계단을 비질하는
당신과 내가 철없는 지하의 바닥을 공유합니다
더러움의 입구는 과거로부터 발생됩니다
검은 물만 떨어지는 짜글짜글한 하수
파도 파도 끝이 없는 것이 지하의 감정입니다
상처가 아물지 않는 것은 지하의 함정입니다
태초부터 두문불출해 온 지하는 온종일 검고
지상만 다녀가시는 소나기나
밝은 곳만 다녀가시는 햇살에게
발아한 푸른 정맥을 낭랑하게 낭독해야겠습니다
침수가 되풀이되는 벽에 난만한 스티커를 떼는 당신을
자세히 본 적이 없어
미안합니다

2부

항아리 별채

내일도 총알배달

짜장면과 짬뽕을 바꿔 배달했다고
주인에게 쥐어박혀도 크게 웃는다

크게 웃는 사람은 크게 아픈 사람이다

이긴 것도 진 것도 심증뿐인 흉흉한 늦저녁
설거지 그릇으로 쌓이며 물에 만 밥처럼 먼저 웃는다

먼저 웃는 사람은 먼저 아픈 사람이다

잊어가는 속도와 잊혀지는 속도를 헛바퀴 돌며
죽을 것처럼 살고 있는 그는 엄지와 검지 사이가 습하고

어디서 무얼 하다 왔느냐
어디 가서 무얼 할 거냐
삶을 무찌르며 나아가다 개를 치일 뻔한 날
저들의 세계에서 지명수배되는 악몽을 꾸기도 한다

오늘도

노란 고무장화가
열에서 하나가 빠져도 모르는 흐린 셈속을 달린다

믿는 도끼에 발등 찍힌 버드나무길을
끝나도 끝난 게 아닌
한밤의 지하까지 짜장면을 배달한다

항아리 별채

출발선에 나란히 키 맞추어선 선수들이 장독대에서 마
라톤을 시작하는 것이다

땅에 묻어두고 돈 통으로 쓰기도 했을 옹기는 밑이 무
거워 한 번 앉으면
진드근히 몇 대를 견디는데

사는 일이 도무지 애매해질 때
콩 서 말 메주의 쓰잘데없는 생각을 한 군데로 달리게
하는 것이다

소금물이 염장을 지르더라도 밑간 착실히 들 때까지는
입도 뻥긋 못하게 하는 것이다

종그래기 타박타박 마음 설레면서
햇살에 마음 동하는 몇 해 소리쳐
금간 어둠을 땜방 하면서
오래 천천히 땀방울 삭히도록

순장의 바닥까지 깊숙이 짱돌을 품게 하는 것이다

찌그러진 나 같은 것도 반질반질 닦아서 볕바른 데 두고
노심초사
영혼이 우러나는 속도를 찍어 맛보며
서로에게 깃들게 하는 것이다

옹기장이가 장 담그는 사람을 생각하는 만큼
제 고독을 달리고 또 달리게 하는 것이다

분분

불면 날아가는 한 움큼 밀가루의 생각은
호떡이나 구우며
속 묽은 걸 어찌해보자는 것이다

바람이 불지 않아도 스스로 바람으로 날리는 것들이
힘깨나 써보겠다고 팔을 걷어붙이는 것이다

두드려 맞을수록 쫄깃거리는
이 생에 당신도 미안한 것이 많을 테니
밀고 당기다 보면 그럭저럭 진창은 면할 터

노릇노릇 구워줄 때 뜨겁게 삼키라는 것이다

불 위에 볼기짝을 얹고 살 듯
앉은 자리마다 검고

바닥이 얇은 생각은 늘어붙기 마련

서로 속을 태우다 잘못 뒤집은 사랑은

까맣게 탄 흔적일 뿐이니
부디 때를 놓치지 말라고

여중학교 후문 앞에서 호떡 파는 남자가 전하는 말씀
이다

난蘭

아프면 아프다고 할 것이지
노란 버즘이라도 시름시름 피우고
혓바닥 쩍쩍 단내라도 풍길 것이지 그러면 어때서
그러면 좀 어때서
소리 한 번 지르지 않았다고 쥐어박는
당신에게 입양된 후 나는 죽을 듯이 살았다

가물거리는 깨금발로 키를 늘이고 손끝 저리도록 수다
를 피웠다
날마다 푸르게 웃기 위해 뒤가 마려워도 내색하지 않
았다
지나가면 툭툭 건드리기도 했던 안부를
눈까풀 파르르 떨며 하품이 잦던 체위를
끝내 사함받지 못했고

당신 등 뒤의 무관심을 거름이라 생각해도
더 이상 초록을 견딜 수 없었다

관음죽과 해피트리와 안시리움의 실내에서

드디어 반점이 돋았다
모가지 똑똑 따내리는 통속이 어둠을 더듬어 왔다

어차피 어떤 풍경도 시한부의 삶이므로

슬픔으로부터 돌아온 당신이 가장 먼저 할 일은
나의 반란을 저 문 밖으로 놓아주는 일이다

쓸쓸하지만 나의 죽음은
타살로 기록될 것이다

바람의 탈골

안방 장롱이 물러진 속 몇 벌을 풀어헤쳤다
늦게서야 강을 건너온 사람처럼 방습제에 눈물이 돈다
밖에서 밖으로 돌던 얼룩은 이미 꽃이라서
회색이 발랄하다
안감은 속 깊게 겉감은 명백하게 거풍의 줄에 목을 맨다

아침을 굶고 내 어깨를 떠난 새들은 다 죽었을까

푸른색을 앞세우고 나간 청바지는 편의점에서 불편한
식사를 할 것이다

뒷골목에서 거들먹거리는 저렇게 많은
척추들의 군락
철썩 치면 고꾸라지며 달려나가는
저렇게 출렁이는 어깨들의 일생

나는 자칫 탈골하는 뼈의 하수인일 뿐인데

때로는 직립의 하루가 목을 길게 늘이고 저를 치라 하

지만
　구겨도 될 것 같은 광대한 진심 속에서
　횟대는 휘어지는 무게를 울고

　아침보다 헐렁해진
　한 벌 벌거숭이의 시간
　지루한 껍데기도 떨어지면 아파서
　별의별 아픔이 순서대로 어깨뼈를 벗는다

편의점에서 불편하게 살다

늘 폐업세일이다

두드리면 열린다는 믿음을 카드인식기에 밀어 넣고
느리게 다가오는 죽음의 이미지에 바코드를 붙였다

어쩔 수 없는 일은 어쩔 수 없이 일어나고
몰라도 될 것들은 더 잘 외워지는데
선반 하나가 공연히 망가진다

불길한 예감은 적중한다는 주의사항을 정독한다

추락주의와 추락 주의에 한 발씩 걸친 생필품들은
반사경 속에 살림을 차리고 오래 살 궁리 중

이 오지에서 소나기 다녀갈 때 라면을 끓이면 가슴이
먼저 졸아든다
진열장의 물건들이 곰팡이를 피우는 이유는 열 가지도
넘는다
나는 전보다 더 잘 웃지만

웃어도 우는 것처럼 보인다고
단골들이 등을 돌려 건너편 가게로 간다

일당에 울고 웃는 생의 막일꾼

젤리처럼 줄줄이 엮인 나 자신을 헐값에 처분하고 짬
짬이 짜다 만
손익의 거미줄을 토해내지 않으면
죽을 것 같다

현재 시각 가을
느리고 긴 짝사랑의 셔터를 내려야 할 시간이다

무말랭이 건기

꽃가마도 없이
염쟁이도 없이
여러 개의 얼굴이 겹쳐져 말라 간다

채반에 엎드려 거무스름해지는 생각을 들여다본다
말수가 골패쪽 만큼 줄어들고
돌아누울 때마다 오금이 저린다

미안하다는 사교적인 말조차 오므라든다

가을 타는 마음을 비껴
서글서글한 몸을 내다 버리면 얻어질까 했던 영혼을
다치고

얼굴마저 붕괴된다

바람에 닳은 어딘들 쥐어짜도
눈물 한 방울 묻어나지 않는다

검은 비닐봉지론論

날아가는 것들은 제 안에 무수한 낭떠러지를 가진다

누가 허접한 슬픔 하나를 띄워 보내나 검은 비닐봉지
캄캄한 한 칸짜리 방에 들어가 입구를 봉하면

웅크린 홀몸의 냄새도
사나흘 저녁 풍경도 금지곡처럼 간절해지겠다

오래 견뎌도 나이가 없는
얇은 입술은 또 얼마나 많은 방향을 열고 닫는 것인가
잊고 그냥 두면 노점상 곁에 깃들어
자두와 간고등어와 죽은 체하는 푸성귀까지
온갖 미천한 것들을 쓸어안고 가뿐히 떠돌 수 있을 텐데

어제 것까지 일수를 다 찍고 나면
낭떠러지의 슬하만 데리고
까막눈이 긴 밤을 홀로 부스럭대겠다
겁먹은 나처럼 덜덜 떨면서
끝내 주먹구구의 속을 보여주지 않으면서
물색없이 중얼댈 수 있겠다

당신은 가짜입니다

유성 오일장 햇마늘종이 나왔다

냉이 비름 씀바귀 망초나물 부르는 대로 다 나오는 채소전

이 작은 것들의 봄을 거래하는 동안 서너 걸음 떨어진 돼지국밥집에서 오천 원어치 봄의 입맛은 짜고 헐하게 먹힌다 화살표가 마구 뒤엉킨 우선멈춤 표지판 따라 개쑥이든 물쑥이든 몰래몰래 시들고 사람을 만나는 일이 서너 번 미루어진다

기다리던 버스를 그냥 보내고
이른 나물 데치며 울컥거리는 나는
누구의 난무하는 슬픔이었을까

벗이여! 로 시작되는 가랑비에

다들 꽃 피는데 나만 피지 않는 노르스름 나이 드신 일월日月

당신은 가짜입니까

누가 물으면 그렇다고 대답할 것 같은
내일은 또 어떤 어린 목숨들의 무릎에서
무릎으로 황사바람이 불어올지

다릿목 부근에서
사람처럼 새들이
제 생각의 길을 뚜벅뚜벅 걸어다니고
녹색의 춘곤이 그 길로 오고 있다

손님은 왕
— 공주에서

나는 뒤로 걸어 정오에 도착한 사람
왕릉 옆 허름한 이발소에서 손 빠른 여자가 물을 데운다

아직도 머리카락이 길어나는 미지근한 이 시간은 어디
서부터 미행당한 것일까

왕좌를 에워싸고 난세의 잠을 파고드는 나긋나긋한 도굴
만져보면 차디찬 몰락인데
빛나는 이마를 가지고도 등극을 못 한 채

나는 언제 다시 죽을 수 있을까

빗살무늬 구름의 지체가 높아 나는 줄곧 고개가 아팠
구나
게 아무도 없느냐
땅에 떨어진 호령을 자자손손 시중드는 햇살
뺨 그은 칼을 칼집에 넣으며 또 오시라 벚꽃 피고

무슨 애절함으로 가죽신 벗어드니 곰나루다

이제는 병정놀이하는 아이들을 볼 수 없는 몇 구비 산
성길

　　허물고 다시 쌓는 여기는 잘 죽은 망자들의 길이다
　　아직도 눈썹이 자라는 귀인貴人의 나라다

　　몇 장 남은 왕조의 지폐로 재상영금지의 옛날영화를
보러 가는
　　이 고도에서 나는
　　천오백 년 머나먼 뒷모습이다

바람을 매매하다

사물도 별안간 늙어버릴 때가 있다

첫 손님이 들기도 전에 매매계약서 용지가 누렇게 분
해된다

거래가 깨질 때마다 탁자를 기어 다니는 실금이 변두
리를 몇 바퀴째 오르내리며 명함을 돌린다

도시에서 도시로 부는 헛바람은 지번이 없고

발바닥 물집 잡히도록 황금의 땅을 돌아다녔으나 구두
를 털면 모래만 떨어진다

모든 아침의 출발은 아름다웠지만

한 채 두 채 야근하는 별들의 월세방에서 누군가 오래
된 영혼을 임대하며 울 것 같아

빈 서랍을 데면데면 지나가는 어제와 무수한 내일들

다급하게 직진해오는 가로수가 광막한 오십대를 세워
보려 하지만

이제는 해가 떠도 맑은 날이 별로 없는 가등기의 생을
해약하고 싶다

공터에 나가 덕담이나 하며 민들레나 구름의 생으로
입주하고 싶다

참외의 딜레마

이 방에서 저 방으로
덩굴 한 계절이 문짝을 붙들고
언니 같은 엄마 대신 가는 거라면
죽어도 아니 울리라
한 알 씨앗 속에서 여러 겹
노란 뜻을 동이던 때가 있었다

하루 볕을 더 굴러서 구린 데가 생긴 것도
배앓이가 잦아지며 지나가던 그녀와 눈이 마주친 것도
채찍 같은 노란빛 때문이다

샛노란 그녀의 상상이 뒤적거리다
나를 점지하기 전에
샛노란 그녀의 손목에 매달리기 전에
저쪽 트럭으로 가고 싶다

몸 위에 몸을 부리는 이런 무례
상처라도 낳아놓았더라면

새로이 발목이 돋아난다고 해도
돌아올 길은 보이지 않을 것이다
죽은 사람과의 연애처럼
비닐봉지는 검정이어서
돌아와도 트럭은 가고 없을 것이다

개똥밭에서 참외밭으로
일생을 굴러도 별로 남는 게 없다

껍질만 남더라도
다 그만두고
엄마 같은 언니에게 가고 싶다

급소

올가미를 들고 다가오는 당신은
내가 덮고 잔 설원의 긴 이름

말 잔등에 엎드린 올가미는 망설인다

풀을 먹는 나와
나를 먹는 초원의 관습은 오랫동안 아파 왔으므로
당신의 일주일치 허기는 내 뿔에 걸린다

울부짖는 불안의 둘레에 흰 목책을 둘러주던

당신이 겨냥하는 급소는 부르면 달려가는 나의 사랑

발톱 끝까지 아픈 필생이
바람의 핏발 선 목덜미를 쓰다듬는다

우리 사이엔 단지 생존이 있을 뿐

미안하다 고맙다

당신의 눈물에 맺히는 반칙을 목격한다면
마음이 바뀌기 전에 늪으로 가서
풀물 든 어금니를 정갈하게 닦고
당신의 백야를 살려 보낼 것이다

이 단칼의 내리침을
이 필사적 노여움을 당신의 가슴에 고요히 묻을 생각
이다

모나리자

그가 나를 불렀다
반쯤 치뜬 눈을 좋아하지 그는
웃을까 말까
망설이는 사이 그가 사라졌다

그가 들고 온 꽃의 충혈을
꽃의 침묵을
침묵이 남긴 응시를 전시 중인
나는 언제쯤 엎드려 울 수 있을까
절벽을 품고
새를 품고
나무가 되는 배경 속에
어제의 나는 없다
암록이나 회청, 회백이 아닌
마침내 편안한 하품으로 응고될
나를 너무 많이 보여주었다

굴신의 모양을 눈썹으로 어여삐 그리지 못한 채
은유의 덮개 아래를 떠도는 것은

그를 만나 물어보아야 하기 때문이다

언제까지 웃을까 말까
아주 살짝 앞섶의 주름처럼
아주 잠깐 접힌 리본처럼

3부

이 모든 들, 들

그녀의 고무줄바지

떨이 복숭아 한 바구니 값이면 골라서 산다

제 출신이 무언지도 모르면서 햇고추장 옆에서 후두둑
피어나는데
꽃이라 부르니 나지막이 마루를 닦다가 두루뭉술 헤퍼
진다

지는 햇살 한 송이 꺾어들고 영감 묏등 기어오르는 여
러해살이풀

짝짝이 양말처럼 허드레로 핀다고 꽃이 아닐까
허름한 삶의 구색이라고 꽃바지 아닐까
강물이 빗물 받아들이듯 조곤조곤 타이르며 품새 벙근다
십수 년 관절염 두시럭대는 꼭두새벽에 먼저 일어나
쇠죽을 끓인다

달이 구름을 견딜 수 없고 구름은 비를 견딜 수 없는
생의 텃밭
조붓하게 소나기 한 줄금 지난 뒤 무씨 파씨 우우 돋는다

마을회관 화투판 훈수에 옳거니 무릎치고
마루 밑 깜순이 늦바람까지 앞뒤 없이 돌려막아 온 칠
십 평생
아무 데나 엉덩이 걸치는 남사스러움도
그렇게나 잘 어울려서는
수의 대신 입어도 좋겠다 농치며
만물트럭에 노란 생고무줄 사러 간다

늘어나도 제 자리로 재빨리 돌아오는 고무줄바지
사타구니 먼저 닳는 오진 살림 밑천이다

낙과, 식물도감에도 없는

이 밥상은 너무 다닥다닥해

남의 집 애보개로 보낸 열 살 누이의 연푸른 눈두덩이지

죽어라 문고리에 매달리는 손목 떼어낼 때

깨물던 이빨 자국 푸른 입술이지

죽어도 죽지 않으리라

제 살 꼬집어 먼 길 돌아온 멍 푸른 타향

사르륵 사르륵 복사꽃 여린 몸을 팔더라는

떫은 침 고이는 소문이지

꼭지 헐거운 아이도 낳았다는

꽃지등 몇 거느린 포주

쪼글쪼글 애늙은 슬픔이지

어찌어찌 찾아간 노모와 서먹하니 하룻밤 보내고

받아보아라 꽃 편지 찢어버린

제 종아리 제가 쳐서 갈라터진 살갗이지

태풍 지나간 저녁때
슬리퍼 찍찍 끌고 나가 만 원에 한 자루 사들고 오는
벌레 먹은 수많은 누이들이지

환幻

흰콩을 삶아 띄운 청국장을 슬픔에 섞어 매일 먹으면
변비가 없어진다

우유에 잊지 못할 이름들을 고루 섞어 발효시킨 것은
속을 편하게 한다

마른 눈동자를 첩첩한 산안개에 푹 담가 두면 느지막
에 신선을 볼 수 있다

개암나무 열매는 소나기에 젖은 잡병을 없애고 잡념을
없앤다

솔직하게 이야기하는 법을 살살이꽃에게 배워두면 뜻
하지 않게 친구가 생긴다

비극을 관람할 땐 누군가의 찢어진 가슴 속이 가장 안
전하다

돌에서 새까만 손톱이 돋아나기 전에 어린아이와 눈을

맞추고
  허무주의자의 눈물도 한 봉지 사둔다

  늙은 내외가 손잡고 오래 걸어가려면 궁핍 같은 것이
뜨거워질 테니
  생강이며 인동초 달인 물로 마음을 씻어내야 한다

  이 모든 것을 마음에 새겨 잘 지켜 행하면 겨울에 살
집을 얻은 듯
  언 발을 이불 속에 밀어 넣은 듯 평안할 테지만

  내 몸의 일부가 이미 저물고 있다고 침술사가 말한다

  사실을 사실적으로 말하니 빗속에 홀로 나와 앉은 듯

  슬프다

이 모든 들, 들

지난겨울 단감장사가 복권에 당첨되었던 자리
우유 장사와 붕어빵 장사가 낮밤을 교대한다
사과 트럭이 볼 붉은 과수원을 통째로 실어온다
목요일엔 민들레 같은 젊은 내외가 튀김 닭을 판다

길 건너 벤치에서 안경 쓴 중년이 화장지와 전도지를
돌린다
직년 이맘때 단골로 해바라기하던 노인을
아무도 궁금해하지 않는다

잘 먹고 잘살아라
네가 내 상처를 건드렸다고
네가 내 치부를 훔쳐보았다고 펄펄 뛰던
어제 밤 두 시의 모퉁이가 지금은 조용하고
등나무가 보라색 입술을 짙게 바르고
수백 킬로 날아온 호박벌을 끌어들이는 이 꼭짓점

제각기 다른 상처가 아니면 무슨 꽃밭이겠어
이 평범한 들, 들의 희비가 아니면 생은 또 얼마나 지

루했겠어

한낮도 절반을 넘어가서야 팽팽해진 햇살의 완력이
창을 열어젖히고 구름 이불을 턴다

사랑한다
어디선가 잘살고 있을 그런 말을 중얼거려 본다

산수유 시목始木

다복을 믿던 전생의 변두리로 가자 가자

당신이 시집오던 첫해의 녹색과 연두를 배우는 봄

그늘을 분만하던 흉년의 어린 신부여

꽃을 살러 온 당신에게 이역이란 숟가락까지 소박맞는

다발성 통증의 여러 밤

열매를 맺으러 온 당신에게 울먹하게 곁가지 뻗던 이
곳에선

한 번의 이별도 너무 많은데

모든 눈물은 제 설움 안에 반짝이는 창을 만들고

손끝까지 착하게 꽃 피고 안으로 꽃다이 시들어서

다 흩어진 다음엔 무엇으로 한 생의 인연을 지어 입을
것인가

산수유 한 마을을 울컥 이루고

당신은 몸 안의 바다를 도로 건너 머나먼 산동성 옛집
으로 가시는가

바람은 바람으로 갈 수 없는 곳을 만들고

꽃은 꽃으로 헤어나와 뜨거운 머리카락 자르고

한 천 년 지나 다시 오시는가

구례 밤재 터널 오른쪽 마을에서 만개한 큰 사람 한 분
보고 간다

돋보기옹翁

가신 분의 손때 묻은 안경집 속에
눈빛 하나로 버티는 독거노인 한 분 살아계신다

해가 들지 않는
가나다라마바사

작은 것을 크다 침소봉대하는 것
먼 것을 가깝다 혹세무민하는 것
대쪽으로 종아리 치시던

아슴해야 오래 갈 사랑도 놓쳐버리고
아니 올 사람과 서로 다른 잠을 잘 터인데
책이나 한 짐 들여놓으라고 호통을 치신다

어르신 한 분
몇 해 째 한 발짝도 나오시지 않는다

이가 시린 밥을 들고
묵은 종이에 칸칸 소식 올리면

불도 켜지 않은 저 깊은 곳

아자차타카파하

우중충한 나를 낭랑하게 읽고 계신다
콧등 헐은 아버지의 아버지들
수정체의 족보를 닦고 계신다

호주머니 동굴

손가락을 접고 누가 들어와 살래요

낮잠처럼 숨죽여 살아줄래요

기어이 한 주먹 불끈 쑤셔놓고 보자던 지폐가 나가서
돌아오지 않구요

복권을 긁던 동전들이 들어와 뒷골목 음악처럼 살구요

바깥을 끌어들이는 구애가 땀 젖어 있구요

내 몸도 우주도 잡동사니로 가득 찬 주머니라서

저 불빛 흐린 가게에서

주머니를 몽땅 털어 무엇을 사고는

다시 또 주머니를 채우고 싶은 건가요

만년교를 말년교라 해도 알아듣는

당신의 손이 묻힌 이 깊은 방의

더 이상 충만할 수 없는 충만이 궁금하면 뒤집어 보일
것이나

벌어졌다 재빨리 닫히는 이 입 속은

먼지만이 가장 늦게까지 남구요

고등어 비목碑木

뜬 눈으로 촘촘히 가시 박은 점층법과
비린내의 수식어가 옆구리에 걸린다
피나게 긁던 만장의 아가미와
일필휘지 한 줄의 흰 뼈
들썩인다

한 입 건너 또 한 입
재래시장의 잡내가 켜켜이 눕혀져
둥둥 웃는 바다

나는 너무 절여져서 못 쓰게 된 눈물일 뿐
두문불출의 섬을 징검 밟고
큰 잘못으로부터 처음 왔을 뿐
부른다고 다시는 오지 않을 것이다

오늘 저녁 한 토막 짜디짠 침묵의 석쇠에 그을리고
유구한 어둠에 눈알까지 다 발라 먹힌다 해도
무찌르는 젓가락의 기교에 굽히지 않을 작정이다

내 가시로 나를 찌르는 어떤 구설에도
햇빛 망망하여 숨을 데 없는 이곳

쌀쌀한 사람과 마주 앉아있는 듯
그대들 등 뒤가 서늘할 것이다

나도 가끔 버릇이 없어진다

파를 넣고 산초를 뿌려 비린내를 지운다
진땀나는 추어탕의 점심시간

투가리 가득 떠오르는 미끄러운 등뼈의
단정치 못한 저 죽음을 슬그머니 올라타면
고층빌딩 사이를 지그재그 빠져나가
화려한 내일에 등록할 수 있을까

번들거리는 유혹의 잔등엔 고삐가 없는데
고단백 강장식품의 성분엔
드난드난 한 그늘 쉴 수 있는 비늘이 없는데
나는 어떻게 추월과 반칙의 불심검문을 매끄럽게 통과해
세상과 은애할 뒷골목에 생을 주차할 수 있을까

뼈조차 추리지 못해 흐려지는 잡생각과 다대기는
위아래 없이 맵고
이빨 틈으로 삼복이 마디게 지나가는
끌탕 속
갑자기 끼어드는 경적으로

은밀한 삶의 비밀을 유유히 꼬리치는 저놈이
내 옆구리를 파고들면 어쩌랴
쩔쩔 끓는 생의 한가운데로 첨벙 떨어질 수밖에
너 죽고 나 죽어 끝나는 세상이 아닌데
또 어쩌겠는가

노구老軀 한 채

누군가의 어여쁜 갓 난 따님이셨을
누군가의 그리운 누님이셨을 여자 한 분
내년 아욱은 못 보겠구나 하신다
뚜껑 열린 된장독처럼 군내 나는 저 손등으로
밥물을 재던 때가 있었겠다
누가 맡겨놓은 상벌의 보퉁이가 아흔넷
윗목의 세월을 촘촘히 기록해 놓았다

무주 가는 길가
공연히 일찍 나온 나물처럼 애매모호했던
여자가 죽고 노인 하나 남아서
어디서 왔느냐고 묻는다
삭아가는 것은 과거가 아니라 다가오는 시간의 탄력
지나온 길은 순복의 길이었고
남은 길은 승천의 길이다
한 토막 더 울면 저녁으로 사라져 갈
눈곱만한 묵은 생의 더부살이
담배 있느냐고 묻는다

잘 있느냐고 당신이 물어온다면
여기는 가을이 지나갔다고 말해야 할 것 같다

감자

재래시장 후미진 구석
붉은 플라스틱 그릇에 감자 몇 개 고이다 말고
노파가 졸고 있다
감자알들도 쪽잠에 들어
주름진 얼굴이 쭈글쭈글해지다가 조용해지는 오후

부랴부랴 다녀올 저 길은 홑겹이라
매미 울음에 푸르르 찢어질 터인데
시르죽은 뿌리의 근성이 발가락에 붐빈다
아래턱이 완고한 장바닥에서 모른 체
감자가 팔리다 말고 잠드는 것은
풀섶에 뱀 들듯 사사로운 일

입구와 출구가 딱히 없는 시장 한 바퀴 돌고 와도
벗어놓은 고무신 두 짝이 발을 동동 구르고 있을 뿐
팔이 안쪽으로 굽은
노파와 감자를 역성드는 파리 몇 마리뿐

알몸으로 나와 앉은 근본 없는 것들이라고

순하게 나와 앉은 초목이라고
아무 때나 살 수 있는 것은 아니라는 한 말씀
눈 감고
점잖게 타이르는

다른 수가 없다

재상영관 조조할인을 보다가 옆을 보고 깜짝 놀랐다
머리에 띠를 두른 두통이 앉아 있다
나는 부른 적이 없는데 살려 달라 소리쳐서 왔다고 우
긴다

살아보라고 주어진 한 생을 일기장 속에 구겨 넣거나
선반 위에 묵혀둔 잘못
쥐들이 그것을 갉아먹는 소리가 어디서나 들린다
목록의 허접함은 이해되기도 하고
이해되는 게 허무하기도 한 모양이다
교외로 몰려갔다 돌아오는 휴일의 소리들
멀리 나갔던 악의들이 돌아오는 소리들

과로와 거나한 슬픔의 거리를 지날 때
그가 먼저 눈을 감아야 잠들 수 있다
멍한 의식을 끌어당기는 검은 저수지
그가 오면 밤이 길어진다
타이레놀이 혀를 녹인다

작정하고 뒷목부터 미행하며
쉬라면 쉬라고 몸종 부리는 상전
굵은 삼베로 문지르는 내 상처의 독한 냄새가 그립다고
이 안전한 둥우리에서 함께 살자고 한다

정말 이사라도 오려는 건지 머릿속이 마구 들쑤신다
끊임없이 폭발하는 이 한낮의 불꽃놀이에 특효약은 없고
어디 둘 데 없는 두통을 도로 집어넣는다

4 부

꽃의 엘레지

묵묵默默

죽어도 죽을 수 없습니까

민박집 처마 밑에서 기우뚱
건너다보면 물 속 당신은
마침내 수 억 년 웅크려 앉은 사상인데
어디를 심하게 다쳐
날 적부터 말이 없습니까

먼 곳으로부터 흰 꽃이 와서
엉겨 붙은 마음이나 뜯어내고 있을 뿐
고요한 시선에 벗겨지고 벗겨져서
응시만 남은 당신은
젖었다 마르고 다시 젖는
맞은 적 없이도 아픈 곳이 많은 당신은
얼마나 조촐한 한 덩어리 육체입니까

이제 그만 괜찮다
온 마을 한 채를 끄덕이고 싶어서
흘러내리는 산 중턱을
누구의 옆모습처럼 움켜잡고 있는 겁니까

새, 이후

놀이터에 돌 갓 지난 아기를 안고 나오던 여자가 보이
지 않습니다
공중으로 오르는 계단 꼭 한 나절만 울 수 있는 나뭇가
지에 앉아 시이소를 타던
햇살보다 가볍던 여자
환속의 마을에선 아주 조금만 먹고도 그윽할 수 있는데

앙상한 가슴을 품어 안고
무게를 잃은 꽃처럼
외침이 없는 광야처럼
마음이 차마 고요하던 그녀

구슬픈 모음들만 추려서 귀에 넣고 다니는 동안
차디차게 식어가면서 자신의 빗장을 벗기고 있었던 것을

새처럼 팔다리 가늘던 놀이터의 여자가
지상에 빈 새장 같은 아기를 남기고 떠났습니다

꽃의 엘레지

죽음도 가끔 예약날짜를 잘못 알고 젊은 영정 사진을
찾아든다
각자의 슬픔을 들고 칸칸이 헤어지는 복도 끝

검은 리본의 꽃들이 빙 둘러앉아 잇몸을 드러낸다
꽃의 결점은 지나치게 잘 웃는다는 것이다
심드렁할 때는 더욱
시커먼 목울대가 보이도록 웃는다는 것이다
조문객들이 쌓아놓은 국화 옆에서
영정도 벙글벙글 웃고

계단 아래 만장 휘날리는 꽃길
조용한 뒷자리 한 울음을 찾기까지
배웅을 받으며 가야 하는
장례식장 특1호실

기가 막혀 이틀 사흘
죽을 때까지 웃는 것밖에는 할 수 없는
그것이 또 애절한 울음이어서

왁자하게 웃으면서 시드는

당황하는 상처의 벌어진 틈

이별 디자인

큰 눈 내리는 저녁의 식당에서 끓어 넘친다
몇 덩이 찬밥의 우울에 고추장만 풀어도 아름다운
맹세는 졸아붙고

거두절미된 콩나물의 비릿한 스캔들을
십 중에서 팔구를 버리고도 흥건하게
시중드는 찌개 한 냄비

차라리와 그래도에 잔을 부딪치는 애증은
벌건 속을 바닥까지 열어젖힌다
혼자 내리다 우두커니 서 있는 폭설의 안쪽을
홀로 걷는 동안 우리는
긁어모아도 없는 내용이 되었고
열 정거장 손잡고 걷고 싶은 까닭도 이제는 못 된다

모르는 체 마지막 한 방울까지 오직 끓어 넘치면서
목덜미 파르라니 환한 사랑이
다시 한 번 얼큰해진다 해도

사는 게 섞어찌개라는 저 칠십년대식 유리문 뒤에는
눈보라치는 저녁만 있을 것이다

홀로 로맨틱한
울지 못하는 가슴만 활짝 열려 있을 것이다

눈사람 영정

골짜기 그늘과 산등성이를 두루 거쳐 언니들이 왔다
자드락밭에 서 있기만 해도 어떤 태생은 그윽해서
찰랑이는 은빛 고리의 집으로 빨리 가고 싶었다

자정에 낳아놓은 언니들은 말수가 적었다
좀 더 냉정했더라면 앞산만큼 대가 센 언니들을 낳았
을 텐데

하얀 목에 깃드는 매화 이른 가지를 주워 올릴 때
누군가 옆구리를 찌르고 누군가 뜨거운 오줌발을 뿌리고

생각해보니 오래 고생한 언니들의 병명도 묻지 않았다
목도리를 두른 적설의 변명도 듣지 않았다

잠시 나의 사람이었던 사랑은 왔다가 되짚어가고
이름을 부르면 다시는 오지 않는
모든 그리운 것들처럼
친애하는 언니들이 진종일 입술을 새파랗게 팔았다

껴안으면 녹아내리는 익명

근질거리는 발밑에 복수초 화환을 둔

어떤 태생은 끝내 자신이 낳은 어린 것의 얼굴을 보지
못하고

자신의 눈물 속으로 사라져 갔다

어린 겨울

헌 와이셔츠 누렇게 절은 소매를 숭덩 잘라 입고 감자
밥을 안치던 여름 지나

놉일로 받아온 고구마 자루를 윗목에 기대어 두고
입 큰 쌀독이 시래기죽을 멀겋게 끓였다

연탄을 세다 말고 헌 양말짝을 독하게 뭉쳐 불구멍을
틀어막는
입동 시린 **뺨**에 엎드리면
무던한 며느리 시름시름 앓듯 방바닥은 데워지다 말다
뚝 끊어져서

세상 따스운 것들에게 딱지처럼 나를 빌려주고 싶었는데
낡은 내복을 돌려입기하는 적빈이 일가붙이들을 몰고
와 북적대는 동안 여자도 남자도 아닌
엄마가 한 자 가웃한 봉창을 신문지로 겹겹 틀어막는
옆에는 버즘 핀 얼굴
여럿을 한 데 뭉쳐놓은 듯
아직 눈도 못 뗀 어린 겨울이 시중을 들고

오는 봄이 더 무서워 겨울이 길어지라고 우리는 괜히
동네 아이들에게 눈싸움을 걸었다
끼니를 훔쳐가는 가난이
들창이며 싸리문이며 가리지 않고 팔자걸음으로 드나
들던 때

허덕허덕 사는 사람은 밥도 허덕허덕 먹는다는 걸 알
았다

초면

죄가 없어도 천국에 들지 못하는 막돌 몇 개
청둥오리 어린 것에게 날아간다
죽었니 살았니
먼 상가喪家에 아이들은 돌을 던져 문상하는 풍습이 있다

물의 납골당
처음 가는 저 길의 애증을 물결은
가장자리로 밀어내는 버릇으로 조문한다

불을 밝히는 부나비는 불에 타죽고
가을을 음유하던 시인은 가을에 죽었다
등천의 위치가 저마다 달라서
나무를 사랑하던 매미는 나무 아래 죽으러 가고
신부전증으로 사망한 동물원 호랑이는
뉴스 아래 자막으로 문상을 받는다

헛묘를 둘러쓰고 귀가하는 내 하루
살아있는 삶이
살쩍이 허문 틈을 열고 나와

검시관처럼 검은 문자로 뜬다
살았니
살고 싶니

애쓰지 않아도 죄는 감옥처럼 붉은데
두 번째라면 우아해질 수 있을까
업히기 좋은 등 같다가도
슬그머니 놀러 와서는 눌러앉은 친척 같은
정면으로 보면 죽음은 늘 초면이라서
우리 모두

어쩌다 봄비

인적 끊어진 정류장에서 땀내가 나도록 기다렸습니다

아주 멀리 떠날 것처럼 우산을 거머쥐고

비와 구름의 경계를 걸어가는 표지판과

갓 켜진 불빛의 손을 잡는 앳된 저녁의 속눈썹에

연애에 알맞은 바람이 불 때까지 기다렸습니다

물 위를 걸어갈 두 줄기 발자국으로부터

아쉬움과 슬픔과 작별로부터

사흘 밤낮을 제하고도 또 사흘 잠잠히

빗물에 젖어 돌아올 아득한 생일을 기다렸습니다

동에서 서로 뛰어가는 건기가 실타래 풀리듯 봄비는

내리는데

어쩐 일일까요 당신은 오지 않고

실성한 여자 앞의 찬물 한 사발 같은 목달동 느티나무

수령 250년이 타박타박 걸어와

부러진 살 밖에서 젖고 있었습니다

클레멘타인에게

내 그리운 옛 노래 속에 당신을 두고 왔습니다
반드시 아름다워야 할 꿈도 한 편 두고 왔습니다

길눈 어두운 멸치가 몇 섬씩 죽어나가는 포구의 넓고
넓은 바닷가

그대의 뒤꿈치엔 중년의 바다가 주름져있고 이제 고기
를 잡지 않는 늙은 어부의 바다에서
　나는 어느 날 해적이 될 수도 있는데 며칠 묵어가시라
호객하는 삶이라는 달콤한 악몽 속
　풍파 어지러운 일박을 했습니다

홀로 험한 물마루를 넘어온 낯선 익사체
파도는 맨발을 끌며 백사장을 지새우자 보채고
　오늘 밤 괭이갈매기는 어느 절벽까지 가서 잠드나
　자식을 여럿 낳아 물속이 그렇게 사무치는 검은 머리
섬들과 눈썹 밀어버린 수평선을 읽다가 그대에게 그만
말도 못 붙이고 왔습니다

파도가 파도를 구전하는 그 바닷가 목선에 내가 두고
온 편지는
얼마나 젖어서 당신에게 닿겠는지요
언덕바지 섬집엔 집을 보던 아기와 바다가 먹여주는
비린 밥의 옛날이
침침하게 늙어가고 있는지요

앵두 한 그루 드시게!

양촌면 한삼천리

섶다리 너머 풀여치 주춤주춤 들어서는 봉당에

벗어놓은 신발이 없더라도

느지막이 아비가 된 산골 남자와

그늘로 옷을 짓는 여자의 흙 묻은 마음이

왼종일 바지랑대에서 나부끼거든

장독대 붉은 고추며 호박오가리들 속으로

한나절 더운 손 다녀가시게

어린 햇빛이 일구는 걸걸한 쑥대밭 몇 평

앉아서 드시게

기름 발라 구운 떡처럼 쪽마루에 윤기 돌고

바닥 검은 냄비가 조금 기우는 동안

뜬금없이 혼자 크는 앵두나무

아직 도착하지 않은 그 시간 옆에서

신神 같은 아기와 산 속 같은 사람들을 만나거든

옷가지를 걸기에 맞춤한 별 몇 개에

바람의 손목이며 강물이며 어머니며 애통이며

그런 것들 흔들리게 놓아두고

앵두 한 그루 드시게

목 메이거든 공짜로 달빛도 한 잔 길어 드시게

은유의 숲으로 들어가는 오솔길 하나

— 이은심 시집 『바닥의 권력』을 중심으로

정 순 진(문학평론가 · 대전대 교수)

1. 들어가며

시의 두 축은 운율과 은유이다. 노래에서 갈라져 나온 기원답게 오랫동안 시의 핵심은 운율이었다. 하지만 현대 자유시에 이르러 운율의 위치는 예전의 지위를 잃었다. 또 운율은 시인이 쓰는 언어의 음운자질에 따라 달라질 수밖에 없는데 한국어의 경우 과거에 비해 음운자질이 현격히 약화되어 한국 현대시의 경우 운율적 요소는 다른 언어권에 비해서도 약화되었다. 그럼에도 불구하고 시에서 운율은 시와 산문을 가르는 중요한 요소이다. 은유(직유, 은유, 이미지, 상징을 모두 포함하는 의미)는 현대시에 이르러 새롭게 강조된 요소이다. 은유는 전혀 다른 두 사물 사이에서 유사성이나 공통성을 찾아내는 사고에 기반을 두고 있는데 감각적 이미지를 통해 언어의 추상성에서 탈피해 구체성과 선명성을 얻게 되었다.

시인은 일상에서 만나는 낯익은 사물을 낯설게 인식하면서 은유를 통해 새로운 세계를 창조해낸다. 운율과 은유는 둘 다 예술 활동을 위해 존재하는 재료가 아니라 일상적인 의사소통을 위해 사용되는 재료인 언어를 예술로 승화시키기 위해 고안된 방법으로 이른바 언어의 시적 용법에 해당된다.

시에서 은유가 주요한 요소로 자리잡게 되면서 시가 어려워졌다. 원관념과 보조관념 사이가 가까우면 상식적인 생각과 상투적인 표현이 되기에 시인들은 저마다 원관념과 보조관념 사이가 멀어서 보통 사람들로서는 두 관념 사이에서 유사성을 발견하기 어려운 낯선 관계를 창조해내기 때문이다. 이 낯선 관계가 의도하는 다의성이 시를 난해하게 하지만 다의성은 또한 우리들 상상력의 지평을 넓히고 새로운 창조의 물꼬를 틔우는 핵심이다. 시인은 상투적 사고와 생경한 사고 사이에서 자신만의 개성적 사고를 가장 적절하게 표현한 참신한 시를 쓰기 위해 쓰고 또 쓰며, 고치고 또 고친다.

이 시집은 대전일보 신춘문예(1995)와 시와시학 신인상(2003)을 통해 문단에 나온 이은심 시인의 두 번째 시집이다. 첫 시집 『오얏나무 아버지』(2004)를 낸 이후 무려 13년 만이다. 첫 시집도 등단한 지 10년이 다 되어 출간했고, 이번 시집도 10년이 넘는 시간을 보낸 이후에 출간하니 과작하는 시인임이 분명하다. 오래 생각하고 오래 다듬는 시인의 태도가 진중하면서도 듬직하다. 이

글은 이은심 시인이 오랜 시간 공들여 가꾼 은유의 숲으로 들어가는 오솔길의 성격을 지닌다. 숲으로 가는 길은 독자마다 다르고, 그렇게 다양한 길을 내포하는 시가 좋은 시이니 이 시집을 펼쳐든 분들은 이 글을 길라잡이 삼아 더 아름다운 길, 더 편안한 길, 더 낯선 길을 찾아 나서시길 바란다.

2. 자아를 탐색하는 냉철한 시선

시집을 펼치면 나타나는 첫 시는 「팔월생 몽고반점」이다.

커다란 리본이 케익의 입구를 막고 있다
비둘기는 나보다 개를 더 무서워한다
소나기처럼 몰아서 먹고
구름처럼 몰아서 자는 것은 몽고반점의 후유증이다

총알이 날아와도 태어날 사람은 태어난다
어머니와 아버지를 반씩 걸쳐 입고 나는 벌써 오래 살았다
세상은 나보다 먼저 와 있어서 무사히 입적入籍했지만
내 외로움은 매자나무 붉은색을 줄기차게 따라가고
그해의 사금파리는 옆구리를 찔러
기어이 운명을 풍선처럼 터뜨렸다

씨익 웃어주는 형용사들에게 내 방의 소품들을 빌려주고
싶다

파티는 없다
당신으로 왔다가 손님으로 사라지는
단 하루 살다 가는 기념일
배달된 꽃의 안색은 해마다 검푸르고
선물상자는 악착스레 선물을 끌어안는다
여러 번 보아도 정이 들지 않는 자축의 얼굴
백발이 무릎으로 떨어질 때까지
별자리의 굴곡은 여전할 것이다
새끼 밴 짐승처럼 지극하게 우는 산후의 창문 속으로
딱 한 사람만 타고 있던 버스는 이미 출발했다

땅에 떨어진 것들은 모두 누가 떠밀어 아픈 것인가
이 촛불의 방문을 아무리 해도 말릴 수 없다
　　　　　　　　　　　　　　－「팔월생 몽고반점」 전문

　이 시는 자신의 모습을 그린 자화상이라 할 수 있다.
자화상은 자신과의 대결의식 속에서 자신에 대한 탐색
을 진행시키고 자기를 인식하기 위해 그리는 것으로 예
술가의 본능적 자의식이 만들어 낸 작품이다. 시양식은
'자아의 세계화'라고 규정할 만큼　장르 자체가 고백적인
데 자화상의 경우는 더욱 그러하다. 화가가 그리는 자화
상이 회화성에 중점을 둔다면 시에서는 파편적인 자기

묘사 또는 비유적 암시를 통해 자신의 트라우마를 직시하고 객관화함으로써 좀더 완전한 자아를 성취하고자 한다.

이 시의 경우 시인에 대한 직접적인 정보는 1950년 8월생이라는 것뿐이고 시에서 두드러지게 전경화된 것은 시인의 평생을 관통하는 정서인 외로움이다. "내 외로움은 매자나무 붉은색을 줄기차게 따라가고"에서 외로움은 '매자나무 붉은색' 사물 이미지를 만나 강렬해지고, '줄기차게'를 통해 억세고 세차게 그리고 끊임없이 계속되고 있음을 드러낸다.

6 · 25 전쟁 중에 태어났으니 한반도에 태어난 그 누구라도 삶이 녹록지 않았겠지만 시인은 "그해의 사금파리는 옆구리를 찔러/ 기어이 운명을 풍선처럼 터뜨렸다"고 고백한다. '사금파리'의 파열음을 발음하는 것만으로도 날카로운 통증이 느껴지는데 아니나 다를까 그의 운명은 '터뜨려진 풍선'이 되었다. '터뜨려진 풍선'이 된 운명을 배경으로 '매자나무 붉은색' 외로움이 '줄기차게' 따라다닌 생애. 70년 가까운 생애를 이토록 선명하게, 이토록 뼈아프게, 이토록 간명하게 제시할 수 있는 게 시가 가진 힘이다. '아무리 해도 말릴 수 없'이 찾아오는 나이 앞에서 굴곡 많은 전 생애를 매자나무 붉은색으로 응축시킨 시인은 이어지는 시편들에서 객관적 상관물을 통해 자아의 모습을 편편이 드러낸다.

출발선에 나란히 키 맞추어선 선수들이 장독대에서 마라
톤을 시작하는 것이다

땅에 묻어두고 돈 통으로 쓰기도 했다는 옹기는 밑이 무
거워 한 번 앉으면
진드근히 몇 대를 견디는데

사는 일이 도무지 애매해질 때
콩 서 말 메주의 쓰잘데없는 생각을 한 군데로 달리게
하는 것이다

소금물이 염장을 지르더라도 밑간 착실히 들 때까지는
입도 뻥긋 못하게 하는 것이다

종그래기 타박타박 마음 설레면서
햇살에 마음 동하는 몇 해 소리쳐
금간 어둠을 땜방 하면서
오래 천천히 땀방울 삭히도록

순장의 바닥까지 깊숙이 짱돌을 품게 하는 것이다

찌그러진 나 같은 것도 반질반질 닦아서 볕바른 데 두고
노심초사
영혼이 우러나는 속도를 찍어 맛보며
서로에게 깃들게 하는 것이다

옹기장이가 장 담그는 사람을 생각하는 만큼
제 고독을 달리고 또 달리게 하는 것이다
　　　　　　　　　　　　－「항아리 별채」 전문

　이 시는 장독대에 늘어서 있는 항아리를 시적 대상으로 삼아 자아의 모습을 항아리의 속성에 투영시켜 객관적으로 표현하고 있다. 시는 형식상 8연이지만 문장 말미의 '~것이다'를 의미 표지로 보면 내면적으로는 6연이라고 할 수 있다. 이 시에서 '~것이다'는 각운의 역할을 하여 리듬감을 살리면서 의미를 범주화하는 표지 역할을 한다.

　의미를 추론하기 위해 서술어를 중심으로 정리해보면 항아리들은 한 자리에 가만히 앉아 마라톤을 시작하고, 콩 서 말의 다양한 생각을 한 군데로 달리게 하고, 소금물이 염장을 지르더라도 입도 뻥긋 못하게 하고, 순장의 바닥까지 깊숙이 짱돌을 품게 하고, 서로에게 깃들게 하고, 제 고독을 달리게 한다는 것이다.

　이것은 넉넉한 품새로 옹기종기 모여 앉은 항아리의 모습이지만 그대로 시적 자아의 모습이기도 하다. 가만히 앉은 채로 달리고 달릴 수밖에 없었던(서술어 6개 중에 3개(마라톤을 시작하다, 달리다, 달리다)가 달리다임) 자신의 생애가 항아리의 생애와 동일시된다. 입도 뻥긋 못하게 하는데도 불구하고(누가? 초자아) 더 이상 참을 수 없어서 항아리의 모습을 통해 자신과는 상관없는 것처럼 시치미를 떼고 간접화시켜 자신의 삶을 증언하는 것이다. 너무 조심스럽게, 너무 조신하게, 너무 고독하게 살아오 느라 숨이 막힐 듯한, 시인이 발설하지 못하면 죽어버릴 것 같은 자기 존재의 비밀을 누설하는 소리 없는 절규이 다.

아프면 아프다고 할 것이지
노란 버즘이라도 시름시름 피우고
혓바닥 쩍쩍 단내라도 풍길 것이지 그러면 어때서
그러면 좀 어때서
소리 한 번 지르지 않았다고 쥐어박는
당신에게 입양된 후 나는 죽을 듯이 살았다

가물거리는 깨금발로 키를 늘이고 손끝 저리도록 수다를
피웠다
날마다 푸르게 웃기 위해 뒤가 마려워도 내색하지 않았다
지나가면 툭툭 건드리기도 했던 안부를
눈까풀 파르르 떨며 하품이 잦던 체위를
끝내 사함받지 못했고

당신 등 뒤의 무관심을 거름이라 생각해도
더 이상 초록을 견딜 수 없었다

관음죽과 해피트리와 안시리움의 실내에서
드디어 반점이 돋았다

모가지 똑똑 따내리는 통속이 어둠을 더듬어 왔다

어차피 어떤 풍경도 시한부의 삶이므로

슬픔으로부터 돌아온 당신이 가장 먼저 할 일은
나의 반란을 저 문 밖으로 놓아주는 일이다

쓸쓸하지만 나의 죽음은
타살로 기록될 것이다

—「난蘭」전문

시의 문맥으로 보아 이 시의 화자는 말라죽은 난이다. "아프면 아프다고 할 것이지/ 노란 버즘이라도 시름시름 피우고/ 혓바닥 쩍쩍 단내라도 풍길 것이지 그러면 어때서/ 그러면 좀 어때서/ 소리 한 번 지르지 않았다고 쥐어박는" 주체는 시적 자아이다. 시의 화자는 '죽을 듯이 살았'으나 '더 이상 초록을 견딜 수 없었다'면서 '나의 죽음은 타살'이라고 말한다.

시의 화자와 시적 자아는 사실 둘 다 시인의 자아이다. 시의 화자가 현실적 자아라면 시적 자아는 이상적 자아이다. 초록을 견딜 수 없는 현실적 자아에게 "아프면 아프다고 할 것이지/ 노란 버즘이라도 시름시름 피우고/ 혓바닥 쩍쩍 단내라도 풍길 것이지 그러면 어때서/ 그러면 좀 어때서/ 소리 한 번 지르지 않았다고 쥐어박는" 존재는 이상적 자아이다. 자신이 자신을 나무라며 죽을 듯이 살아온 세월, 자신이 자신에게 무관심한 채로 견디어 온 세월. 그럼에도 불구하고 반점이 돋고 모가지 똑똑 따내리는 지경에까지 이른 것이다. 말라죽은 난에 자신을 비춰 보는 시인의 모습이 처연하지만 그래도 안도할 수 있는 것은 '당신'에게 '나의 반란을 저 문 밖으로 놓아 주'라고 말하기 때문이다. 문 밖에서 틀림없이 새로운 촉을 틔우리라 믿는다.

이 밖에도 「분분」에서는 '불 위에 볼기짝을 얹고 살 듯 앉은 자리마다 검'은 호떡에 감정이입을 하기도 하고, 「무말랭이 건기」에서는 "영혼을 다치고// 얼굴마저 붕괴된다// 바람에 닳은 어딘들 쥐어짜도 눈물 한 방울 묻어나지 않는다"고 형상화한 무말랭이에 자아를 겹쳐 놓기도 한다.

자신이 어떤 사람인지, 어떻게 하고 있는지, 무엇을 하고 있는지에 대해 성찰하여 자신의 정체성을 확립하거나 존재 의의를 발견하고자 할 때 사람들은 먼저 부정적인 정서나 인식을 만나게 된다. 자신을 확인하면서 직면하게 된 불만과 부끄러움, 미움과 분노, 부정적인 인식을 직접 고백하는 일은 용기를 필요로 한다. 직접 고백하는 일은 쉽게 보이기는 하지만 자기 검열이 심한 사람은 속으로 곪아터져 화병으로 죽게 되어도 절대로 입을 열지 못한다. 그런데 시는 구체적인 내용을 자세하게 밝히지 않고 표현의 수위와 정도를 자신이 수용할 수 있을 만큼 조절할 수 있는 시적 장치가 있으니 그것이 은유이다. 은유는 부정적인 인식과 정서를 직접 고백하는 부담을 덜어주는 동시에 자기 자신에게서 물러나 거리를 둔 채로 이 세상과의 동일성을 찾아보게 하며, 이미지는 은유를 감각적으로 경험하게 하면서 정서를 환기시킴으로써 물아일체의 돌연한 공감을 맛보게 한다.

자신과 세계의 동일성을 발견하여 은유를 창조해 낸다는 것은 자신의 내면과 세계 사이에 공감이 작용한다는 의미가 된다. 공감이야말로 자아의 발견이라는 개인적 동일화의 문제와 자아와 세계의 일체감, 결속감으로서의 동일성의 문제를 해결해주는 유용한 원리로 작용한다. 동일화와 공감을 경험한 시인은 자기 안의 모순을 객관적으로 보거나 세계와의 갈등을 새로운 관점에서 통찰하는 힘을 갖게 된다. 그런 단계에 이르면 기쁨에서 슬픔, 고통까지 모든 감정을 수용하고 자신의 한계와 실수까지 겸허하게 받아들이게 된다. 평가하지 않고 자신을 있는 그대로 수용하고 인정하는 통합적인 자기수용이다.

3. 낮은 곳에 보내는 따듯한 눈길

정서적 통찰을 통해 자신을 통합적으로 수용하게 되면 시인은 세계에 대해서도 기왕의 해석과는 다르게 새롭

게 재해석하게 된다. 세계가 달라 보이는 것이다. 시에
서의 창조는 없던 사물을 새로 만들어내는 것이 아니라
있던 사물을 다르게 보는 것이다.

나는 앞으로만 나아간다
하늘가는 밝은 길을 앞세우고
담배꽁초와 검은 발목 사이를 박차고 전진한다
목석의 항목들을 바구니에 담은
이 찬란한 난장에 잔디 깔린 후방은 없다

고무로 만든 하반신 속에 멀쩡한 다리가 자라고 있을 거
라고
네가 우기는 동안
나는 줄곧 피죽도 못 먹은 바닥이다

육체는 희미하고 일생의 지도는 낡았으나
박수를 치던 손바닥도 껍질 벗어지는 바닥인데

몇 그루 별마저 떠나간 이 시장통에서
그날을 기다리는 내게 그날은 없다고 앞을 가로막는 너
희들

환도뼈가 내려앉은 밑바닥이라고 다 천박한 것은 아니다

자꾸 목이 쉬는 것은 엄마가 없기 때문이지만

질경이 사마귀풀과 사귀는 이곳은 신의 얼굴도 둥글게
펴지는
낮고도 아픈 세상이다

질퍽한 바닥에 귀를 대면 젖물 흐르는 소리
섬마섬마 어린 날을 휘돌아오는 소리

기저귀가 다 젖도록 화장실 한 번 못 가도
비가 오면 등이 먼저 젖어도
흙 묻은 가슴으로 쟁쟁하게 앞으로만 간다
나의 왕복에 뒷걸음질은 없다

－「바닥의 권력」 전문

　이 시의 화자는 시장에서 한두 번쯤 보았을 사람이다.
시장바닥을 고무다리 낀 하반신으로 밀고 다니는 사람.
그보다 더 바닥에 있는 사람은 없을 듯해 보이는 사람.
그의 모습을 자세히 관찰하며 그와 동일시된 시인의 일
성은 "나는 앞으로만 나아간다"이다. 이어서 "박차고 전
진한다"로 거침없어 보이는 씩씩함을 강화한다. 절망과
고통까지 새롭게 해석하는 것이다. 사람들의 의심 속에
희미한 육체로 밑바닥을 쓸고 다녀도 "밑바닥이라고 다
천박한 것은 아니다"라고 단호하게 말할 힘이 생긴 것이
다. 단호하게 선언하는 5연은 1행으로 한 연을 이루고
있느니만큼 울림이 크고 깊을 수밖에 없다. 이어지는 6
연에는 '낮고도 아픈 세상'이 갖는 권력, 시인만 볼 수 있

는 '바닥의 권력'이 어떤 것인지 이미지로 환기시킨다. "질경이 사마귀풀과 사귀는 이곳은 신의 얼굴도 둥글게 펴지는/ 낮고도 아픈 세상이다". 바닥은 신의 얼굴도 둥글게 펴지는 곳이라는 비유는 그대로 성경이나 불경의 비유를 연상시키지만 '질경이' '사마귀풀'의 이미지 덕분에 보다 구체성을 띈다.

"흙 묻은 가슴으로 쟁쟁하게 앞으로만 간다"는 마지막 연의 목소리는 첫 연과 수미쌍관을 이루면서 낮고 아픈 세상에서 살아가는 존재의 당당함을 선포한다. 아무리 밟혀도 살아나는 질경이처럼 질긴 생의 의지가 '쟁쟁하게' 울리는 이 시는 기실 시인에게 내재한 생명 의지의 발견이기도 하다.

낮고 아픈 세상을 향해 보내는 시인의 눈길은 노인이 입는 싸구려 고무줄바지에도 머문다.

> 짝짝이 양말처럼 허드레로 핀다고 꽃이 아닐까
> 허름한 삶의 구색이라고 꽃바지 아닐까
> 강물이 빗물 받아들이듯 조곤조곤 타이르며 품새 벙근다
> 십수 년 관절염 두시럭대는 꼭두새벽에 먼저 일어나 쇠
> 죽을 끓인다
>
> 달이 구름을 견딜 수 없고 구름은 비를 견딜 수 없는 생
> 의 텃밭
> 조붓하게 소나기 한 줄금 지난 뒤 무씨 파씨 우우 돋는다

마을회관 화투판 훈수에 옳거니 무릎치고
　　마루 밑 깜순이 늦바람까지 앞뒤 없이 돌려막아 온 칠십 평생
　　아무 데나 엉덩이 걸치는 남사스러움도 그렇게나 잘 어울려서는
　　수의 대신 입어도 좋겠다 농치며
　　만물트럭에 노란 생고무줄 사러 간다
　　　　　　　　　　－「그녀의 고무줄바지」 부분

　안노인들이라면 누구나 하나쯤 가지고 있을 법한 싸고도 편한 고무줄바지를 향한 따뜻한 시선은 그대로 안노인에게 보내는 눈길이다. 칠십 안노인도 '꽃'이고 그녀의 고무줄바지도 '꽃바지'라고 '조곤조곤' 이야기하는 시의 어조는 관절염이 있어도 바지런히 움직여 먼저 간 영감도 찾아가고, 쇠죽도 끓이고, 마을회관 화투판에도 어울리고, 깜순이 늦바람도 단속하고, 만물장수와 대거리하는 안노인의 몸놀림처럼 경쾌하다. 누구의 '생의 텃밭'에 서고 '무씨 파씨 우우 돋는' 세상, 화투판 벌이는 안노인들의 웃음소리가 들려오는 듯하다.
　시인의 눈길은 떨이로 팔리는 낙과에도 미친다.

　　이 밥상은 너무 다닥다닥해

　　남의 집 애보개로 보낸 열 살 누이의 연푸른 눈두덩이지

죽어라 문고리에 매달리는 손목 떼어낼 때

깨물던 이빨 자국 푸른 입술이지

죽어도 죽지 않으리라

제 살 꼬집어 먼 길 돌아온 멍 푸른 타향

사르륵 사르륵 복사꽃 여린 몸을 팔더라는

떫은 침 고이는 소문이지

꼭지 헐거운 아이도 낳았다는

꽃지등 몇 거느린 포주

쪼글쪼글 애늙은 슬픔이지

어찌어찌 찾아간 노모와 서먹하니 하룻밤 보내고

받아보아라 꽃 편지 찢어버린

제 종아리 제가 쳐서 갈라터진 살갗이지

태풍 지나간 저녁때

슬리퍼 찍찍 끌고 나가 만 원에 한 자루 사들고 오는

벌레 먹은 수많은 누이들이지

─「낙과, 식물도감에도 없는」 전문

1행이 1연인 14연과 3행이 1연인 마지막 연으로 구성된 이 시는 '낙과'에 대한 여섯 개의 은유로 이루어져 있다. 1행이 1연이라는 것은 한 행의 울림이 그만큼 크다는 의미이다. 이런 행의 구성은 속도감을 가지고 그냥 죽죽 읽어나가지 말고 행마다 그 울림에 몸을 맡기며 천천히 읽어가기를 바란다는 속도 표시이다.

연이 많지만 의미구조를 보면 '낙과'에 새로운 의미를 부여하는 은유 여섯 개가 병치되어 있는데 그 의미표지는 종결어미 '~이지'이다. '낙과'는 '연푸른 눈두덩' '푸른 입술' '떫은 침 고이는 소문' '쪼글쪼글 애늙은 슬픔' '갈라 터진 살갗' 그리고 마지막 연에서 제시하는 '벌레 먹은 수많은 누이들'이라는 것이다. '벌레 먹은 수많은 누이들'의 연 구성을 다른 연들과 다르게 한 것은 앞에서 열거한 다섯 개의 은유를 모두 포괄해야 비로소 그 모습이 나타나는 전체 그림이기 때문이다. 마치 퍼즐 조각을 제자리에 놓아야 전체 그림이 완성되는 것처럼. 산문에 비유하자면 마지막 연이 앞에서 논의한 다섯 개의 소주제(이 시에서는 다섯 개의 은유)를 종합한 결론이다.

이 시처럼 보통 은유 몇 개로 이루어진 시들은 은유의 순서를 바꾸어도 아무 상관이 없는 경우가 많다. 은유와 은유가 병치되어 은유 사이에 시간성의 원리가 작동하지 않기 때문이다. 하지만 이 시의 은유 사이에는 서사성이 작동한다. 하나하나의 은유도 참신하지만 그 은유들을 시간의 질서로 조직해 한 점의 그림으로 완성시킨 마지막 연에 이르러 '누이'를 마주하게 되면 순간 가슴이 먹먹해진다.

4. 나가며

예술은 일종의 놀이이며 대낮에 꾸는 꿈이다. 우리나라 사람들은 일만 중요하게 생각하지 놀이는 뒷전에 놓기 일쑤이지만 놀이야말로 사람을 사람답게 하는 특성이다. 사람이 모든 시간과 에너지를 먹고 살고 종족을 유지하는 데만 쓴다면 동물과 다른 인간만의 정신적인 창조활동이 어떻게 가능하겠는가. 그런 이유에서 호이징아는 인간의 본질을 '호모 루덴스'로 파악했으리라.

현실이 사실성과 합리성으로 이루어져 있다고 생각하는 사람은 환상을 비현실적이고 비합리적이니만큼 논의할 가치도 없다고 하겠지만 사람에게 의미있는 것은 객관적 사실만이 아니라 그 사실에 대한 주관적 인식과 느낌이기도 하다는 것은 우리 모두가 유념해야 할 사실이다. 그러기에 환상을 무시하는 삶은 건조할 뿐만 아니라 허망한 반쪽 진실일 수밖에 없다. 환상은 꿈이나 백일몽과 동류의 것이며 소망의 모습으로 나타나기도 한다.

'사실을 사실적으로' 말하면 '슬프다'는 시인은 슬픔을 위로받거나 초월할 수 있는 다양한 환상을 처방한다. 시 「환幻」은 사실이 어떻게 시가 되는지를 가장 상징적으로 보여준다. 넓게 보자면 이 시집에 실린 모든 시는 시인이 빚어낸 환상이기도 하다. 「환幻」을 읽으며 시인의 환상을 좇아가보길 권한다. 효험 200%를 장담한다.

흰콩을 삶아 띄운 청국장을 슬픔에 섞어 매일 먹으면 변비가 없어진다

우유에 잊지 못할 이름들을 고루 섞어 발효시킨 것은 속을 편하게 한다

마른 눈동자를 첩첩한 산안개에 푹 담가두면 느지막에 신선을 볼 수 있다

개암나무 열매는 소나기에 젖은 잡병을 없애고 잡념을 없앤다

솔직하게 이야기하는 법을 살살이꽃에게 배워두면 뜻하지 않게 친구가 생긴다

비극을 관람할 땐 누군가의 찢어진 가슴 속이 가장 안전하다

돌에서 새까만 손톱이 돋아나기 전에 어린아이와 눈을 맞추고
허무주의자의 눈물도 한 봉지 사둔다

늙은 내외가 손잡고 오래 걸어가려면 궁핍 같은 것이 뜨거워질 테니
생강이며 인동초 달인 물로 마음을 씻어내야 한다

이 모든 것을 마음에 새겨 잘 지켜 행하면 겨울에 살 집을 얻은 듯
언 발을 이불 속에 밀어 넣은 듯 평안할 테지만

내 몸의 일부가 이미 저물고 있다고 침술사가 말한다

사실을 사실적으로 말하니 빗속에 홀로 나와 앉은 듯

슬프다

－「환幻」 전문